# Contes

## A mon Père.

———

Le vrai peut quelquefois n'être pas vraisemblable

Boil.

## A BLOIS :

IMPRIMERIE D'AUCHER-ELOY.

## 1826.

# CONTES
# A MON PÈRE.

# CONTES

# A MON PÈRE.

Le vrai peut quelquefois n'être pas vraisemblable

Boil.

## A BLOIS:

IMPRIMERIE D'AUCHER-ÉLOY.

## 1826.

# AU LECTEUR BÉNÉVOLE.

J'ai promis cent fois, mon cher lecteur, que je ne ferais plus de vers: mais, je suis forcé de l'avouer, les promesses d'un rimeur à cet égard, sont comme celles d'un marin dans la tempête. Je voudrais au moins traiter des sujets utiles et sérieux ; mais mon Pégase est comme un rossinante, qui n'aime que les ruades, et qui ne peut se résoudre à suivre un sillon, et à traîner la charrue pour cultiver utilement un champ. Il ne se plaît qu'à sauter, trotter, au risque de me jeter dans le fossé. Voici quelques contes qui sont venus s'arranger dans ma tête bien malgré moi, je vous assure. Il faut bien que je vous les livre pour en débarrasser ma pauvre cervelle. J'aimais les contes avec passion quand j'étais petit. Mon père se plaisait alors à me prendre sur ses genoux, et à m'en dire. En voici que je tiens de lui, et que j'ai cent fois contés en prose à ceux qui ont bien voulu les entendre, sous le titre de CONTES A MON PÈRE. Je les ai rimés dans mes promenades des premiers beaux jours, pour les rajeunir: je voudrais qu'ils fussent moins grotesques, et moins frivoles. Je vous les donne comme on me les a donnés. Je vous supplie de les recevoir en bonne part; de ne pas y voir du mal que je n'ai pas voulu y mettre; de ne les lire que quand vous n'aurez rien à faire; et, cependant, tâchez de vivre long-temps, et heureux.

# Conte Premier,

# Conte Premier.

## AVENTURE SINGULIÈRE

### ARRIVÉE A DES MOINES

#### PRÈS PITHIVIERS EN GATINAIS,

##### IL Y A ENVIRON UN SIÈCLE.

*Horresco referens.* V.

Que j'aime le bon Lafontaine,
Et sa façon de raconter !
O si je pouvais imiter
Son ton naïf, sa douce veine !
Oserais-je au moins le tenter ?
Ne m'en fera-t-on pas un crime,
Ainsi qu'à l'auteur du Ramier ?
Comme lui, malgré moi je rime :

1*

Pour Dieu! qu'on me laisse essayer!
Ma muse sera chaste et sage,
J'aurai du moins cet avantage
Sur notre aimable fablier (1).

A deux milles de Pithiviers,
Suivant le dire de mon père,
Il fut jadis un monastère,
Bâti sur un charmant coteau,
Non loin de l'aimable rivière
Où venait chanter Collardeau:
Rivière à moi-même si chère!
Les moines du susdit couvent
N'étaient pas tous du même crême:
Les uns vivaient dévotement,
Et servaient Dieu d'un zèle extrême;
Quelques autres faisaient semblant;
Et d'autres enfin, très indignes
D'habiter dans un si saint lieu,
Y vivaient en pécheurs insignes;
Aimaient le monde plus que Dieu:

(1) On appelle un faiseur de tonneaux, tonnelier; un faiseur de chapeaux, etc.; ne puis-je pas, par analogie, appeler Lafontaine, fablier.

Pensaient au ciel moins qu'à la terre ;
Et chose, hélas, trop ordinaire !
Ils n'étaient par les moins nombreux.
Au loin on ne parlait que d'eux,
S'il était un bon tour à faire.

Du couvent le chef et le père
N'était pas le plus scrupuleux.
C'était un homme d'importance,
Qui dans le cloître était entré
Bien plus de force que de gré,
Et seulement pour la finance ;
Par l'abus d'alors entraîné ;
Parce qu'il n'était pas l'aîné
Des enfants de monsieur son père.
Son castel était separé,
Quoiqu'attenant au monastère.
Sa table, son ameublement,
Etaient d'un mondain, non d'un moine,
Et n'eussent pas, apparemment,
Eté du goût de saint Antoine.
Non loin était un grand jardin
Qui rappelait celui d'Eden.
Des arbres de toute nature
Formaient la première parure

De ce séjour délicieux ;
Et, tout en récréant les yeux,
Servaient encore mieux la pâture ;
Un magnifique abricotier
Y donnait son fruit le premier.

Or les enfants du monastère
De ces fruits-là ne tâtaient guère :
On les gardait pour les mondains,
Qui venaient en de gras festins
Se régaler avec le père.

Il avint que certaine nuit,
Deux frères, se glissant sans bruit,
Y vinrent faire la maraude.
Le fruit leur en sembla meilleur.
Au jardinier, dans sa fureur,
Le pater imputa la fraude,
Et le prit pour le seul voleur.
Le jardinier, homme de cœur,
Frémissait d'un pareil outrage.
Il n'osait cependant parler,
Non plus qu'au maître révéler
Ceux qu'il croit auteurs du dommage,
De peur de s'attirer leur rage.
Mais il promit de se venger,

Et sans attendre davantage,
Dès le soir, en bon équipage,
Il s'enferme dans le verger,
Ayant pris soin de se charger
D'un gros fusil de braconnage,
Jurant de ne rien ménager.
Déjà sur l'une et l'autre oreille,
Dans le cloître chacun sommeille,
Et rien encore ne paraissait :
Mais le diable qui toujours veille,
Sur les maraudeurs agissait,
Et secrétement les poussait
Au bon tour fait par eux la veille.
  Ils sortent. Lors un bruit léger
Avertit l'homme en embuscade,
Qu'en ce moment on escalade
La muraille du potager.
Il prépare sa fusillade ;
Serre le doigt, tire au hasard :
Le nitre brûlé, le coup part ;
Mais part d'une telle manière
Que les deux voleurs, roides morts,
Sont étendus sur la poussière.
Le tireur emporte leurs corps,

De peur qu'on soupçonât l'affaire.
Dans le cloître on dormait si bien,
Que personne n'entendit rien.

Le jardinier qui s'épouvante,
Apercevant poindre le jour
Met ses deux gibiers dans son four,
En attendant la nuit suivante.

Bientôt les remords, l'épouvante
Viennent à l'envi l'assaillir.
Que va-t-il faire, et devenir?
Il est grand jour. Autre misère :
Chez lui survient un militaire,
Qui dans sa maison doit gîter.
Comment ne pas s'inquiéter?
Le pauvre homme, pour toute usine,
N'avait que la chambre du four,
Qui chez lui devient tour à tour,
Chambre à coucher, salle, ou cuisine.

Il contrefait pourtant sa mine;
Donne à son hôte le bonjour,
Et de son mieux lui fait la cour.
Or, cependant qu'il le régale,
Plus d'une fois vint le discours
Sur la famille monacale.

Le jardinier fort s'en plaignait,
Et le soldat applaudissait.
Chose à ces messieurs ordinaire ;
Il n'aimait pas le monastère.
Croyant s'être conquis son cœur,
Et remarquant la nuit obscure,
L'humble jardinier s'aventure
A dire au brave son malheur.
Il n'est qu'en ce point infidèle,
Que, trouvant son cas trop affreux,
Il dit un mort au lieu de deux,
Pleurant d'une façon cruelle.

Vous être trop bon mille fois,
Dit le grenadier, mon bourgeois,
De pleurer cette bagatelle.
Un moine de moins ou de plus,
C'est à mon gré fort peu de chose,
Et vous vous tourmentez sans cause.

Mais j'ai son corps ici reclus,
Reprend-il, comment m'en défaire ?

Ventre saint gris ! laissez moi faire,
Dit le soldat : donnez-le moi ;
Il sera bientôt, sur ma foi,
Au beau milieu de la rivière.

Hélas! je vous devrai le jour,
Dit le jardinier, qui de suite
Met l'un des deux morts hors du four.
Et le spadassin au plus vite,
L'ayant chargé la tête en bas,
Tout droit à l'eau marche à grands pas.
Or, pour se rendre à la rivière,
Il passa près du monastère.
Qui va là? lui dit le portier ;
Répondez de par saint Antoine.
Qui va là! dit le grenadier :
C'est le diable emportant un moine :
Il n'est pas je crois le premier.

On juge des pensers funèbres
Du portier, qui, par son guichet,
Entrevoit malgré les ténèbres
Ce lugubre et funeste objet.
Chez le père abbé, tout en larmes,
De suite il va conter le fait.

L'abbé, rempli de mille alarmes,
Ordonne aux frères de prier,
Et, quant à lui, sellant sa mule,
Plein d'un projet qu'il dissimule,
Il se rend seul chez le portier.

# 17

Or, cependant, le grenadier  
Avait mis son moine en rivière.  
De son côté, le jardinier  
Avait dehors mis l'autre frère.  
Le soldat à peine est rendu :  
Ah! mon brave, je suis perdu,  
Lui, dit-il, tout baigné de larmes;  
Le maudit frère est revenu!  
Il est là-dessous quelques charmes.  
Revenu!!! vous m'en contez là!  
Plut à Dieu! mais non : le voilà!  
Je veux que saint Crépin m'emporte,  
Si j'ai rien vu de cette sorte!  
Dit le soldat, monsieur le mort,  
Vous vous moquez, vous avez tort,  
Car vous n'aurez pas la dernière,  
Vous resterez dans la rivière,  
Et l'on sera votre plus fort.  
  Il dit, le prend, part en colère.  
Dès qu'il est près du monastère,  
Qui va là lui dit le portier!  
Répondez, de par saint Antoine!  
Qui va là, dit le grenadier :  
C'est le diable emportant un moine,

Qui ne sera pas le dernier.

Par un trou, cependant, le père
Sur le dragon voyant le frère,
De peur à peine à se tenir,
Et juge qu'il est temps de fuir,
Pour éviter même aventure.
Vite il enjambe sa monture,
Et déguerpit de la maison,
Laissant le cloître en oraison.

Or, le soldat dans la rivière
Ayant jeté le second frère,
En toute hâte revenait.
Il est bientôt auprès du père ;
Il entend les pas du mulet ;
Voit l'abbé, le prend pour le frère,
Qui chez son hôte retournait.
Il ne se tient plus de colère.
Il prend des deux son coutelas,
Et fend l'abbé du haut en bas,
Et puis le porte à la rivière.
Enfin , ravi de ses exploits ,
Chez son hôte il revient bien vite.

L'avez vous revu cette fois,
Dit-il, en rentrant dans son gîte ?

Non, Dieu merci, m'en voilà quitte,
Dit le jardinier. Je le crois,
Dit le soldat. Cette pécore
Chez vous s'en revenait encore:
Mais je vous l'ai si bien frotté,
Que le pauvre homme, je vous jure,
De recommencer l'aventure
Ne sera plus jamais tenté.

Ce que devint le monastère,
Ce que devint le grenadier,
Ce que devint le jardinier;
Messieurs, je voudrais, pour vous plaire,
Le rapporter en ce récit:
Mais je suis contraint de me taire;
Mon père ne me l'a pas dit.

# Conte Deuxième.

# Conte Deuxième.

## LA
## RÉSURRECTION MOMENTANÉE.

Un pauvre homme de mon village
S'était l'hiver, de grand matin,
Pour Orléans mis en chemin.
Qu'importe le but du voyage.
Non loin d'un bois, sur le passage,
Dans un lieu sombre et retiré,
Il est un vieux pont délabré,
Qu'on ne peut passer sans ombrage.
C'est là que messieurs les voleurs
Vont attendre les voyageurs.
Le mien n'ayant rien dans sa bourse,
Allait bon train, marchait gaiement,
Ne croyant pas qu'apparemment,
On put l'arrêter dans sa course.

Le pauvre diable se trompait.
Déjà du pont il s'échappait,
Quand de brigands cachés sous l'arche,
Un trio qu'avertit sa marche,
Fond sur lui, le serre de près.
Sur lui l'un d'eux bientôt se jette,
Et d'un coup lui tranche la tête
Sans autre forme de procès.

Mais des gueux quelle est la surprise,
Quand l'ayant fouillé, refouillé,
Ils ne trouvent, dans sa valise,
Qu'un vieil écu simple et rouillé?
Honteux, confus de leur méprise,
Ils regrettent l'avoir tué.

Si nous lui recollions la tête,
Dit en riant, l'un des marauds:
Il se pourrait qu'il s'en remette.
Ses membres sont encor tout chauds.
Ce que disant, il lui replace
Le mieux qu'il peut la tête en place;
La consolide du mouchoir;
Et puis, bon jour jusqu'au revoir.

Or, il gelait fort: ô merveille!
Bientôt le cou s'est raffermi,

Et le bon défunt se réveille,
S'imaginant qu'il a dormi.
Il se relève, et le pauvre homme,
Au cou se sentant quelque mal,
Il craint bien que ce maudit somme
A sa santé ne soit fatal.
Il s'arrête au premier village
Afin de s'y refaire un peu;
Demande à son hôte un bon feu,
Avec un broc de son lignage.

    Tandis qu'il se chauffe il avient
Que la roupie au nez lui vient.
Laissant son mouchoir qu'il ménage,
Et qu'il souhaite garder blanc,
Le bon papa veut faire usage
Des mouchettes du père Adam.
Saisissant donc des doigts sa trogne,
Il gâta toute la besogne.
Son cou qui n'était que collé,
Près du feu s'était dégelé
Lorsqu'a se moucher il s'apprête,
O, trop funeste propreté!
Il jette dans le feu sa tête,
Aux yeux de l'hôte épouvanté!

Morbleu! le fait n'est pas croyable,
Va crier ici le lecteur!
Monsieur, suis-je donc un menteur
Fait pour vous conter une fable?
Et ne vous l'ai-je pas dit,
Dès en commençant mon récit:
Le vrai peut quelquefois n'être pas vraisemblable.

# Conte Troisieme.

# Conte Troisième.

## AVIS

### SUR LE CONTE SUIVANT.

Vous dont les nez trop fins et délicats
S'offenseraient d'une odeur un peu forte,
A vous arrêter là ma muse vous exhorte :
De musc assurément nous n'y parlerons pas.

# LE PAUVRE HOMME

## QUI SE DONNE AU DIABLE

### POUR AVOIR DU BLÉ.

Mon père m'a conté qu'un jour,
Un pauvre infortuné de Tour,
( Pardon, messieurs, si je supprime
Un *s* à Tours ; c'est pour la rime.)

3.

Mon père m'a conté qu'un jour;
Non : c'est une nuit, je m'égare,
Un pauvre infortuné de Tour
Fit un rêve à mon gré bizarre.
Le malheureux manquant de pain,
C'était par un temps de famine,
N'ayant blé ni farine,
Avec les siens mourait de faim.
   Il crut, dormant près de sa femme,
Que le diable à lui se montrait,
Et du froment lui promettait,
S'il voulait lui donner son âme.
Le pauvre homme était fort troublé,
Et dans une peine incroyable.
Il voulait bien avoir le blé:
Mais, hélas! se donner au diable!
C'était un crime abominable!
Il ne pouvait y consentir.
D'une autre part, il voit souffrir
Sa famille dans la misère:
Il est époux, il est bon père.
Laissera-t-il les siens mourir?
Voyez où l'amitié nous mène.
Son bon cœur à la fin l'entraîne.

Il se résoud. Le marché fait,
Satan le porte à la forêt,
Et lui montre un sac sous un chêne,
Qu'il viendra chercher le matin :
Or, voulant marquer son chemin
Dans l'endroit le plus difficile,
Fais-y ton cas, dit le malin.
La chose n'était pas facile :
Hélas ! il n'avait rien au corps !
Mais il fit tant, et tant d'efforts
Qu'il en vint à bout. O surprise !
Il croit s'éveiller satisfait ;
Mais le pauvre homme, il avait fait
Ce qu'on devine en sa chemise !

# Conte Quatriéme.

# Conte Quatrième.

Un vigneron de mon village,
Car mon village est sans second,
Etait malade et moribond.
Prêt à faire le grand voyage,
Il demande son tonnelier,
Avec du cercle et de l'osier.
Que vous faut-il, notre bon maître,
Dit-il en entrant? me voilà.
—Hélas! mon cher, il me faut mettre
Un cercle au ***, car je m'en va!

# Conte Cinquième.

# Conte Cinquième.

## FINESSE D'UN LABOUREUR

### POUR SE FAIRE PAYER

### D'UN SEIGNEUR PEU TRAITABLE.

Certain seigneur de mon village
Traitait un jour dans son château
Les seigneurs de son voisinage.
Pendant le banquet, son taureau
D'un laboureur tua la vache.
Or, il faut que le lecteur sache
Que ce seigneur était un corps
Qui ne payait jamais ses torts.
   Le laboureur connaissant l'homme,
Sut l'y contraindre. Et, voici comme
Il vint à bout de son dessein.
Il se rend au lieu du festin.

—Grâce, dit-il, mon seigneur, grâce!
Un grand malheur est arrivé :
Votre taurin est mort sur place (1)!
C'est ma vache qui la crevé.

Tu le paieras, je te le jure,
Dit le seigneur, plein de courroux.
—Hélas ! c'est pourtant malgré nous
Qu'il fut tué, je vous assure !
—Tu me paieras sur mon honneur !
—Vous me paierez donc, monseigneur,
Vous avez tracé votre tâche.
C'est le taurin dans sa fureur
Qui m'a tué ma pauvre vache.

(1) Dans mon village les laboureurs appellent ainsi le
taureau.

FIN.

www.ingramcontent.com/pod-product-compliance
Lightning Source LLC
Chambersburg PA
CBHW060849180626
46818CB00004B/1639